I0548641

LA DÉCOUVERTE

ODE SUR LA NAVIGATION

PAR

PAUL DELAIR

Couronnée au concours pour l'Exposition du Havre,
et récitée par M. Taillade, de l'Odéon, à la Fête d'inauguration,
le 1er Juin 1868

Prix : 50 centimes

PARIS

J. KUGELMANN, ÉDITEUR DES SALONS
13, rue Grange-Batelière, 13.

1868

LA DÉCOUVERTE

ODE SUR LA NAVIGATION

PAR

PAUL DELAIR

Couronnée au concours pour l'Exposition du Havre,
et récitée par M. Taillade, de l'Odéon, à la Fête d'inauguration,
le 1er Juin 1868.

Prix : 50 centimes.

PARIS

J. KUGELMANN, ÉDITEUR DES SALONS
13, rue Grange-Batelière, 13.

1868

a.

LA DÉCOUVERTE

Go ahead !

I

Quand aux jours primitifs l'homme, errant sur la terre,
Appelé dans la nuit par une voix austère,
    Survint au bord plaintif des flots,
Quant il vit l'Océan, noir sous le ciel sublime,
Et qu'il prêta l'oreille aux trompes de l'abîme
    Alternant avec des sanglots,

Mesurant sa faiblesse à cette horreur immense,
Devant l'onde où le flot sur le flot recommence,
    Pris d'un effroi religieux,
Il crut avoir touché la borne infranchissable,
Et la mer se roulant baveuse sur le sable,
    Lui parut le fossé des cieux !

Sur les houles sans fin ses prunelles troublées
Voyaient des spectres verts, têtes échevelées,
    Monter et plonger tour à tour,
Et dans les profondeurs sans bornes et sans portes,
La nuit il entendait gémir les âmes mortes
    Cinglant vers l'éternel séjour.

Cernant le monde avec son cercle d'amertume,
Sur le soleil, le soir, tirant ses plis d'écume,
    La mer, c'était le grand cercueil ;
De l'ordre de Dieu même elle gourmandait l'homme :
« Arrête ! quel que soit le nom dont on te nomme,
    « Beau roi, brise ici ton orgueil !

« Tu n'iras pas plus loin, si ce n'est dans la tombe. »
O mer ! ce n'est jamais pour longtemps qu'il succombe.
    L'audace est le génie humain.
Mer, ce géant reprend haleine en toute chute,
Et l'obstacle d'hier, pour l'éternelle lutte,
    Il s'en fait une arme demain !

Qui regarde longtemps l'abîme y veut descendre.
L'homme façonne un jour un tronc qu'il vient de fendre :
    Tu le subis dorénavant ;
Il flotte. Ta colère a beau blanchir les plages,
Sur leurs boucliers noirs mille tribus sauvages
    S'en vont au large en la bravant.

Siècles, à présent l'homme et la mer sont aux prises :
L'histoire a commencé. Les îles sont conquises,
      Le monde recule et grandit.
Le ciel s'élève. Au loin se répandent les races.
Partout où le soleil voit dans les verts espaces
      Le flot courir, la nef bondit.

Hier, c'était, de pourpre éclatante vêtue,
Tyr la mystérieuse, et sa gloire abattue,
      Carthage assujettit la mer ;
Puis ce fut la trirème, aux rameurs homériques ;
Et demain, c'est Lisbonne et ses marins stoïques,
      Vaisseau de bois, âme de fer !

Si l'onde, où le royal étendard se reflète,
Bave sur l'aviron hardi qui la soufflette
      Et, vengeant tant d'affronts soufferts,
Dégorge son trésor de vents et de tempêtes,
Hurle, et comme une troupe innombrable de bêtes,
      Roule, — l'homme passe à travers !

Qu'importe à l'avenir le nombre des victimes ?
Le but sacré rayonne aux horizons sublimes,
      Embarquons ! pleine voile ! allons !
La proue aventureuse a pour nom : *Découverte !*
L'Atlantide sourit par-dessus l'algue verte
      Aux Jean Cousins comme aux Colombs !

Méditant l'inconnu, calculant le mystère,
Ils vont, à chaque soir agrandissant la terre,
    Jamais las, — jamais triomphants,
Car leur tâche jamais ne leur semble finie ;
Et si la mer les tue, inutile agonie !
    Leur âme passe à leurs enfants.

C'est une noble race, une souche héroïque !
— Ces Portugais, bravant les fournaises d'Afrique
    Et l'arsenal de l'Inconnu,
Qui, lorsqu'un Cap crachait sur eux jusqu'à l'outrance
Ses fureurs, l'appelaient du doux nom d'Espérance
    Et qui le trouvaient bienvenu !

— Nos Dieppois, leurs égaux certes, sinon leurs maîtres,
Car ils avaient déjà, sous les Tropiques traîtres,
    Lancé leurs esquifs hasardeux
Lorsque dans son berceau Colomb dormait encore.
Mais ces braves s'étant levés avant l'aurore,
    N'ont pas eu l'histoire avec eux !

Et tant d'autres ! — ceux-ci donnant les forêts neuves,
Les sols vierges ; ceux-là donnant les vastes fleuves.
    Eclairant le pôle hivernal ;
Dampier ; Cook, arrachant à la vague jalouse
Cent paradis ; — et toi, malheureux La Peyrouse
    Dont le tombeau fut un fanal !

Quel est donc le devoir sacré qui les fit naître ?
— Mettre en possession de l'Univers son maître,
    Livrer la terre au genre humain
De la ligne torride à la pâle banquise ;
Pour qu'il y mène enfin les destins à sa guise,
    Mettre à l'homme le globe en main !

Ce n'est pas sans combat qu'Adamastor lui cède ;
Contre l'Atlas des mers il faut trouver une aide,
    Car on ne l'apprivoise pas.
Il faut le vaincre. A qui demander alliance ?
L'homme trouve des dieux amis dans la Science,
    Et sa magie est un compas !

Il a le chiffre, il a l'aiguille, il a la sonde ;
Plus encor que la mer sa prunelle est profonde ;
    Il a son vouloir obstiné ;
Il a son cerveau large où son trésor s'amasse,
Sa tête, où loi par loi se dépose et se classe
    L'immense univers deviné !

Il ne craint plus que l'Ourse ou l'Hyade lui monte,
Chaque pas en avant, sa vigueur en augmente ;
    Il tient la flamme, il tord le fer ;
Ce Neptune obéi se meut dans l'ombre à l'aise,
Et fait cabrer sur l'eau des chevaux de fournaise ;
    Son écurie est un enfer !

Les forces, ses démons, tournent pour lui la meule.
O merveille ! il a mis une boucle à leur gueule ;
    Elles vont, creusant ses sillons :
La mer s'écarte. Un jour peut-être l'intrépide,
Qui tire le canon sur la trombe, et la vide,
    Saura mater les tourbillons.

Peut-être saura-t-il museler la tempête ;
Et, sûr de son pouvoir, tranquille, tenir tête
    Aux équinoxes déchaînés ;
Alors de l'Equateur au Pôle, sans secousse,
Il ira tel qu'un siècle heureux, en pente douce,
    Coule aux âges prédestinés !

Mais déjà voyez-le, superbe, enflant ses voiles,
Vaste et pourtant rapide, et riant des étoiles,
    Enorme et léger toutefois ;
Puis, sur les bords, ce bout d'écorce qui chavire..,
Regardez et songez ! l'homme a fait ce navire
    Avec cette cosse de noix !

O navire ! ô monture ardente du génie !
Où vas-tu ? Pour quelle œuvre étonnante et bénie
    Fais-tu flotter tes pavillons ?
Avec ton bruit de forge et tes rumeurs de fête,
Pour quelle découverte et pour quelle conquête
    Pars tu dans l'ombre et les rayons ?

Autrefois tu servais de cupides colères.
Le temps des galions fut le temps des galères.
    Tu portais l'esclavage et l'or ;
Quand ta proue insultait la rive américaine,
Elle apportait l'épée et non l'amour ; — la haine
    De tes flancs noirs prenait l'essor !

Ces jours sont expiés. L'oppression barbare
Est morte, et Lafayette a remplacé Pizarre.
    Le navire est libérateur.
Pacifique, il laboure ; et sa tâche est immense,
Et derrière sa poupe, un Dieu même ensemence
    Son sillon civilisateur.

Il déverse les fruits de la terre féconde ;
Il en fait le partage aux nations que l'onde
    Infertile veut séparer.
Il apporte l'échange et les guerres s'éloignent,
Car l'échange rapproche, et ces mains qui se joignent
    Finiront bien par se serrer.

Qu'un peuple affamé gratte une terre rebelle :
Grâce au vaisseau, sa bouche à ta sainte mamelle,
    O nature, ira s'attacher !
O soleil, d'où sans fin pleuvent les nourritures,
Il te suit dans ta course ; il te tend ses voilures...
    Jamais il ne t'a vu coucher.

Ce n'est pas seulement le trésor de la terre,
Le fruit vivifiant, la sève salutaire,
    Qu'il porte aux quatre aires du vent ;
C'est l'œuvre du progrès, multiple, mâle et fière ;
L'humanité le suit des yeux dans la lumière,
    Et l'avenir vient au devant.

Sur sa route mouvante éclairant les rivages,
Il transforme à jamais ces noirs peuples sauvages
    Que Dieu semble avoir oubliés ;
Il met un germe saint dans ces bêtes de somme,

Il dit : Frères, debout ! Et vers le ciel de l'homme
Fait dresser tous ces fronts ployés !

Il transmet les efforts, il porte les idées !
Comme le sang revient dans les veines vidées,
Il refait la vie en chemin ;
Distribuer le bien de tous, c'est son office ;
Un homme ne fait rien de grand qui n'agrandisse
La fortune du genre humain !

Il a pour ces labeurs une innombrable armée,
Depuis le dur pêcheur dans l'humble barque aimée,
Son royaume et son gagne-pain,
Jusqu'aux vieux matelots qui dans leurs longues quêtes
Ont présenté la face à toutes les tempêtes
De Behring au cap africain !

Ils en sont, ces vaillants, compagnons intrépides,
Qui s'en vont par l'écume et les glaces livides
Attaquer les monstres du Nord,
Qui cherchent la baleine, un harpon sur l'épaule
Et s'il en manque au Nord, passent à l'autre pôle
Comme de tribord à bâbord !

Ils en sont, ces grands cœurs, ces pilotes refuges,
Les nobles sauveteurs, oiseaux blancs des déluges.

Eternels affronteurs des vents,
Qui font sortir leur âme à l'heure où l'âme tremble,
Qui disent au tonnerre : « Eh bien ! partons ensemble ! »
Guides héros, fanaux vivants !

Ils en sont, ceux qui vont, tâche obstinée et dure,
Puiser les vérités dans leur citerne obscure.
Et par passion de savoir,
Troubler — Bellot ! Francklin ! malgré vos tristes ombres —
Les silences du Nord, pleins de craquements sombres,
Son froid de tombeau, son ciel noir !

Tous, les humbles, les grands, fils de la même tâche,
Que la mer les caresse ou que la mer se fâche,
Vont contents à ses rendez-vous ;
Qu'importent les typhons ou les milliers de lieues !
Ils l'aiment, la sorcière, et dans les vagues bleues
L'infini leur fait les yeux doux !

L'homme entendra toujours l'appel des grandes choses.
Ce siècle à présent marche à des apothéoses
Qui se feront —; non sans combats !
Mais sur les vieux destins la science est lancée,
Et ces murs de prison sous l'ardente poussée
Voleront bientôt en éclats !

Oh ! surmontant la guerre, et la nuit et l'angoisse.
Homme ! qu'avec la force aussi ta vertu croisse
    Et s'étende, si bien qu'un jour,
Lorsque tu toucheras à la toute-puissance,
Tu ne t'en serves plus que pour la délivrance,
    Pour la justice et pour l'amour !

Alors nos petits-fils verront, profonde joie !
Le dernier Monitor pourrir faute de proie,
    Et jadis de flamme et de fer,
Leviathan vidé, honteuse carapace,
S'en aller à vau l'eau l'épave, et sa cuirasse
    Tomber en lambeaux dans la mer !

Temps glorieux ! alors, l'homme ayant confiance,
Tout navire sera l'arche de l'alliance
    Flottant sous les cieux rayonnants ;
C'est un chant fraternel qui nous viendra du large ;
Toute nef sera grande alors, ayant pour charge
    De rapprocher les continents !

Vole, ô Navire, avec l'orgueil de la victoire,
A l'accomplissement suprême de l'histoire ;
    Contribue à ces jours rêvés,
A ce but indiqué par le prophète austère :
Faire pour l'âme humaine un seul nid de la Terre
    Où tous les peuples soient couvés !

Embarquons, matelots ! Frères, cinglons encore !
O vaisseau du progrès, vogue à la grande aurore !
    Fraternité sous le ciel bleu !
Que ce globe, jadis maudit, à pleines voiles
Se sente enfin rouler joyeux dans les étoiles
    A la découverte de Dieu !

PAUL DELAIR.

PARIS. — IMPRIMERIE KUGELMANN, 13, RUE GRANGE-BATELIÈRE.

www.ingramcontent.com/pod-product-compliance
Lightning Source LLC
Chambersburg PA
CBHW061527170626
46811CB00004B/1884